DIRECTOIRE EXÉCUTIF.

EXTRAIT du procès-verbal de la séance du Directoire exécutif, du 10 Thermidor an 6.

L'AN sixième de la République française, une et indivisible, le dix thermidor.

Cette journée, la seconde des fêtes annuelles de la Liberté fondées par la loi du 3 brumaire, a été consacrée à la célébration de l'anniversaire des grandes époques dont ces fêtes doivent perpétuer le souvenir.

Le Directoire exécutif avait en outre fixé à ces deux jours l'entrée triomphale et la réception des objets de sciences et d'arts recueillis en Italie.

A deux heures de l'après-midi, les membres du Directoire exécutif, à l'exception du citoyen Rewbell, président du Directoire, retenu chez lui pour cause de maladie, se réunissent en grand costume dans la salle ordinaire de leurs séances.

Les ministres sont successivement annoncés et introduits.

Le ministre de l'intérieur, qui avait été chargé de présider à l'entrée triomphale des monumens de sciences et d'arts conquis en Italie par les troupes républicaines, et recueillis par les soins du gouvernement français, rend compte au Directoire exécutif de la manière dont ses ordres à cet égard ont été remplis, et fait le rapport suivant :

Hier, 9 thermidor, première journée des fêtes de la Liberté, à neuf heures du matin, tous les citoyens invités à composer le cortége qui devait accompagner les monumens antiques et autres fruits de nos conquêtes, s'étaient réunis sur la rive gauche de la Seine, près le Muséum d'histoire naturelle.

Les chars qui portaient cette précieuse collection, étaient rangés sur le boulevard du sud, dans l'ordre indiqué ci-après :

Ils étaient ornés de trophées, de draperie tricolor, de guirlandes et d'inscriptions.

A

Le cortége s'est formé et a pris sa route vers le Champ de Mars. La marche était ouverte par un détachement de cavalerie, et par un corps de musique militaire.

Le cortége et les chars formaient trois grandes divisions.

En avant de la première, était portée une bannière tricolor, sur laquelle on lisait :

HISTOIRE NATURELLE.

Venaient ensuite, les professeurs administrateurs du Muséum d'histoire naturelle ;

Les élèves et amateurs que ces professeurs avaient désignés, et auxquels ils avaient distribué des cartes d'admission dans le cortége.

Ces élèves et amateurs marchaient des deux côtés des chars de cette division.

Le premier char portait les minéraux, avec cette inscription :

Chaque jour l'art y découvre des propriétés nouvelles.

Le second, des pétrifications de Véronne ;

Inscription : *Monumens de l'antiquité du globe.*

Le troisième, des graines de végétaux étrangers ;

Inscription : *Elles multiplieront nos richesses et nos jouissances.*

Le quatrième, des végétaux étrangers vivans ;

Inscription : *cocotier, bananier, palmier ; etc.*

Le cinquième, un lion d'Afrique, une lionne, un lion du désert de Sara, et un ours de Berne.

(Venaient ensuite deux chameaux et deux dromadaires).

Le sixième, des outils, instrumens et ustensiles d'agriculture en usage dans l'Italie ;

Inscription : *Cérès sourit à nos trophées.*

Le septième, deux blocs de cristal ;

Inscription : *Don fait par les habitans du Valais à la République française.*

Un détachement de troupes terminait cette division du cortége.

La bannière qui marchait en avant de la seconde division, portait pour inscription :

LIVRES, MANUSCRITS, MÉDAILLES, MUSIQUE, CARACTÈRES D'IMPRIMERIE DE LANGUES ORIENTALES.

Les sciences et les arts soutiennent et embellissent la liberté.

Venaient ensuite, un chœur de musiciens chantant des hymnes patriotiques ;

Des députations des sociétés libres qui s'occupent de sciences et d'arts :

Des députations d'artistes des principaux théâtres de Paris ;

Des artistes typographes ;

Les conservateurs des bibliothèques publiques ;

Les professeurs de l'école polytechnique ;

Les professeurs du collége de France.

Ces derniers portaient le buste d'Homère, posé sur un trépied antique.

Ce buste était précédé d'une bannière, sur laquelle on lisait :

Sept villes se disputèrent l'honneur de lui avoir donné naissance.

Au-dessous du buste était cette inscription :

» Ce génie a créé son art et ses rivaux ;

» Il n'eut point de modèle et n'aura point d'égaux.

Les professeurs des écoles centrales suivaient le buste du poëte.

Ceux de leurs élèves qui se sont distingués dans leurs études, marchaient des deux côtés des chars de cette division.

Ces chars étaient au nombre de six, et contenaient des manuscrits, des livres rares, des médailles, etc.

On lisait sur ces chars les inscriptions suivantes :

1re. *Aliment du jeune âge et charme des vieux jours.*

2e. *Il ne faut pas loger la science, il la faut épouser.*
(-Montaigne).

3e. *L'ignorance ne convient qu'au despotisme.*

4e. *Laissons dire les sots ; le savoir a son prix.* (Lafontaine),

5e. *Donnez des fleurs, donnez, j'en couvrirai ces sages.*
(Delille.)

6e. *Vivre ignorant, c'est être mort.*   (Sénèque).

A 2.

Un détachement de troupes terminait cette division du cortège.

Sur la bannière portée en avant de la troisième division, on lisait :

BEAUX-ARTS.

Les arts cherchent la terre où croissent les lauriers.

Marchaient ensuite un chœur composé de jeunes artistes, qui chantaient des couplets analogues à l'objet de la fête.

Les artistes qui ont obtenu des prix dans les écoles spéciales de peinture, sculpture, architecture, ou dans les concours ouverts par le gouvernement ;

Les administrateurs du Musée central des arts, du Musée spécial de l'école française du Musée des monumens français ;

Les professeurs des écoles de peinture, sculpture, architecture, et tous leurs élèves.

Ces élèves marchaient des deux côtés des chars de cette division.

Sur une bannière qui suivait, on lisait cette inscription :

MONUMENS DE LA SCULPTURE ANTIQUE.

La Grèce les céda ; Rome les a perdus :
Leur sort changea deux fois ; il ne changera plus.

Sur les deux premiers chars, étaient les quatre chevaux antiques, de bronze doré, qui décoraient la place Saint-Marc, à Venise.

Inscription.

Chevaux transportés de Corinthe à Rome, et de Rome à Constantinople ; de Constantinople à Venise, et de Venise en France.

Ils sont enfin sur une terre libre.

Sur le 3°. char étaient placés Apollon et Clio ;

Inscription : *Tous deux ils rediront nos combats, nos victoires.*

Sur le 4°., Melpomène et Thalie ;

Inscription : *L'une poursuit les crimes ; l'autre les vices.*

Sur le 5°., Erato et Therpsycore ;

Inscription : *Elles consolent et charment les mortels.*

Sur le 6ᵉ., Calliope et Euterpe ;

Inscription : *De Pindare et d'Horace elles montaient les lyres.*

Sur le 7ᵉ., Uranie et Polymnie ;

Inscription : *L'univers obéit aux lois de l'harmonie.*

Sur le 8ᵉ., Une Vestale portant le feu sacré ;

Inscription : *L'amour de la patrie est le feu sacré des Français.*

Le 9ᵉ, portait l'Amour et Psyché ;
Le 10ᵉ, la Vénus du Capitole ;
Le 11ᵉ, le Mercure du Belvédère ;
Le 12ᵉ, Vénus et Adonis ;
Le 13ᵉ, l'Antinoüs égyptien, l'Antinoüs du Belvédère ;
Le 14ᵉ, le Tireur d'épine, le Discobole ;
Le 15ᵉ, le Gladiateur mourant ;
Le 16ᵉ, Méléagre et une Amazone ;
Le 17ᵉ, Trajan ;
Le 18ᵉ, l'Hercule commode ;
Le 19ᵉ, Marcus Brutus ;

Inscription : *Il frappa le tyran et non la tyrannie.* (Le Gouvé)

Le 20ᵉ, Caton et Porcie ; Zénon ;

Inscription : *Il faut cesser de vivre en cessant d'être libre.*

Le 21ᵉ, Démosthène :

Inscription : *Des orateurs fameux le modèle et le maître.*

Le 22ᵉ, Posidippe ;
Le 23ᵉ, Ménandre ;

Inscription.

« La comédie apprit à rire sans aigreur,
» Et plut innocemment dans les vers de Ménandre ». (BOIL.)

Le 24ᵉ, la Santé ;

Inscription : *Compagne fidelle de l'homme tempérant.*

Le 25ᵉ, Cérès ;

Inscription :

« Que Cérès des mortels soit à jamais chérie !
» C'est le premier sillon qui fixa la patrie ». (*Lebrun*).

Le 26ᵉ, le Laocoon ;

Le 27ᵉ, l'Apollon du Belvédère.

Venait ensuite une bannière sur laquelle on lisait :

T A B L E A U X.

Artistes, accourez ; vos maîtres sont ici !

Le 28ᵉ. char portait la transfiguration de Raphaël, quelques autres de ses chef - d'œuvres, des tableaux du Dominiquin, de Jules-Romain, etc.

Inscription : *Ecole Romaine.*

. . . . . *Invente : tu vivras.* (Lemierre).

Le 29ᵉ, des tableaux du Titien, de Paul Véronèse, etc.

Inscription : *Ecole vénitienne.*

Titien, Paul Véronèse, etc.

« Iris de ses couleurs embellit leurs palettes ».

Après les chars, venait le buste antique de Junius Brutus porté par les défenseurs de la République.

L'autel sur lequel il était posé, avait pour inscription ce passage de Tacite :

« Rome fut gouvernée d'abord par des rois :

» Junius Brutus lui donna la liberté et la République ».

On lisait encore cet hémistiche de Voltaire :

« Rome est libre, il suffit. . . . . . . »

Après le buste de Brutus, marchaient les commissaires envoyés en Italie par le gouvernement pour la recherche des objets de sciences et d'arts.

Ils portaient à leurs chapeaux une plume tricolor, et à la main une couronne de laurier.

Un nombreux détachement de troupes fermait la marche.

Le cortége s'est avancé dans cet ordre, en suivant toujours les boulevards neufs, ceux des Invalides, etc. jusqu'au Champ-de-Mars.

Un nombreux concours de citoyens s'étaient portés sur son passage, et le suivaient en applaudissent par des cris réitérés de *vive la République*, aux trophées glorieux de l'héroïsme de nos guerriers.

D'autres citoyens en très-grand nombre attendaient le

cortége dans le Champ-de-Mars, et firent, à son arrivée, retentir les airs des mêmes acclamations

Le ministre de l'intérieur y avait précédé le cortége, accompagné de l'Institut national des sciences et arts ; les deux présidens de cet établissement étaient à ses côtés, et avaient pris place avec lui sur des fauteuils qui avaient été disposés à cet effet sur l'autel de la patrie, aux pieds de la statue de la Liberté.

Les vastes galeries qui environnent l'autel étaient occu-pées par l'institut national et par les autres sociétés savan-tes de la commune de Paris.

Tous les chars se rangèrent dans l'arène du Champ-de-Mars, sur trois lignes : les objets d'histoire naturelle, à gauche de l'autel de la patrie ; les livres et manuscrits, à droite ; les monumens antiques et les tableaux, au cen-tre.

Les membres du cortége se réunirent en - demi cercle devant l'autel de la patrie ; les militaires formèrent un autre plus grand demi-cercle devant l'autel de la patrie.

Les défenseurs de la patrie qui portaient le buste de Brutus, le déposèrent avec vénération sur un cippe devant la statue de la Liberté. A l'aspect de cette image sacrée, un sentiment religieux saisit tous les cœurs ; l'assemblée entière s'est levée, et contempla long-tems dans un pieux recueillement l'effigie auguste de l'homme immortel, qui affranchit sa patrie du joug de la royauté, et sur les débris du trône des Tarquins, éleva le majestueux édifice de la République romaine.

Le buste d'Homère fut placé sur un autre cippe, au milieu des savans et artistes qui composaient le cortége.

Le conservatoire de musique fit une première répétition du poème séculaire d'Horace, musique de *Philidor*.

Les commissaires en Italie s'avancèrent ensuite sur l'autel de la patrie : l'un d'eux, le citoyen Thouin, remit au ministre de l'intérieur la liste des objets qu'ils avaient recueillis, et lui adressa le discours suivant :

« Citoyen ministre,

» La commission des sciences et arts en Italie a l'hon-neur de vous présenter les monumens des victoires des armées de la République dans cette partie de l'Europe. Les chars qui environnent cette enceinte en sont chargés. Quoique leur nombre et leur volume présentent un aspect

A 4

imposant, ils ne portent cependant qu'une partie des raretés conquises. Les autres parties, ou sont déjà distribuées dans les dépôts nationaux auxquels elles appartiennent, ou sont restées sur la flotille qui les apporte à Paris, ou enfin sont en route pour y arriver.

» Depuis l'établissement de l'empire français, l'histoire ne nous présente nulle part une acquisition de trophées scientifiques aussi nombreuse, aussi riche, aussi utile aux progrès des sciences et des arts, et aussi glorieuse pour la nation. Le général en chef dont le génie a organisé la victoire en Italie, a porté sa prévoyance jusqu'à organiser les contributions scientifiques.

» Les dépôts des sciences et des arts étaient précédemment et sont encore, dans les pays conquis par les armées des autres puissances de l'Europe, en butte au pillage d'une soldatesque ignorante et dévastatrice; par ses ordres, ces collections ont été mises sous la sauve-garde de la République française, et les savans qui en sont dépositaires, ont été défendus, honorés et indemnisés même des pertes que leur ont occasionnées les malheurs de la guerre, dans les cas très-rares où ils en ont essuyés; par suite d'une telle disposition, les commissaires des sciences et des arts n'ont porté leurs recherches et n'ont prélevé les monumens utiles au complément des collections nationales, que dans les propriétés des gouvernemens vaincus, et dans celles des communautés religieuses, qui n'en faisaient aucun usage utile aux progrès des connaissances humaines.

» Les collections consacrées à l'instruction publique et à celle des particuliers ont été respectées. Cependant ces derniers ont fourni tout ce qui pouvait intéresser la République, soit que les dépositaires lui en fissent l'hommage sincère et libre, ou soit que les propriétaires consentissent à les lui céder à prix d'argent. Ce fut une chose remarquable de voir des vainqueurs et des maîtres qu'on avait peints aux peuples de l'Italie comme des vandales, respecter les productions des sciences et des arts, les visiter en foule et avec intérêt, depuis le simple soldat jusqu'au général en chef; et celui-ci, s'entourant des savans et des artistes distingués dans tous les lieux qu'il parcourait, les fêter, les encourager à suivre le cours de leurs découvertes, et leur en faciliter souvent les moyens. Si la force des armes a dissipé les nombreuses armées qui défendaient l'Italie, l'humanité des vainqueurs a gagné l'amour des peuples, et les procédés obligeans et délicats des généraux ont captivé l'estime des artistes célèbres et des savans distingués. Cette partie des victoires des Français n'est pas une des moins intéressantes à l'honneur national. La commission des sciences et arts a été dirigée constamment, dans ses choix, par le desir de completter les diverses collections de la République. Treize d'entre elles se partagèrent les monumens conquis. Si ceux qui ont pour objet la bibliographie, la peinture et la sculpture, sont les mieux partagés, et acquirent des richesses immenses qui les élèvent au-dessus de toutes celles qui existent en Europe, et les rendent les premières du monde, c'est que ces objets, ouvrages des peuples antiques et anciens, sont plus abondans en Italie, que toutes les autres productions des sciences et d'arts. Les Romains en avaient dépouillé les Etrusques; les Grecs et les Egyptiens les avaient cumulées dans Rome et autres villes d'Italie : le sort de ces productions du génie est d'appartenir aux peuples qui brillent successivement sur la terre par les armes, par les sciences, et de suivre constamment le char des vainqueurs.

» Les autres parties des sciences exactes et des arts utiles n'ont point été négligées. Les dépôts qui leur sont consacrés s'augmenteront d'un grand nombre de leurs productions. La botanique, l'agriculture et l'économie rurale et domestique s'enrichiront de végétaux rares, de variétés de légumes, de fruits et de graines, perfectionnés par la culture des climats chauds qui peuvent augmenter les ressources agricoles du peuple français. Des animaux domestiques de forte race, que nous avons fait passer de différentes parties de l'Italie, dans des proportions assez étendues pour en multiplier les espèces sur le sol de la République, fourniront par la suite de nouveaux compagnons à l'homme dans ses travaux champêtres.

» Les commissaires n'ont pas négligé, non plus, de se lier avec les artistes et les savans qu'ils ont rencontrés dans les lieux qu'ils ont parcourus; ces liaisons, cimentées par l'estime, et souvent l'amitié, pourront, en mettant les connaissances et les découvertes des deux peuples en rapport, resserrer les liens qui doivent les unir à jamais, et faire leur bonheur mutuel.

» Enfin, plusieurs d'entre eux ont tenu des journaux exacts de leurs voyages, de leurs observations sur l'économie rurale et domestique, sur l'état des sciences et des arts, et sur les hommes et les monumens des pays qu'ils ont parcourus. Ces écrits pourront servir à détruire quelques erreurs commises par les voyageurs qui les ont précédé, et à donner des idées plus étendues d'un magnifique pays habité par une belle population, dont les gouvernemens avaient affaibli les facultés intellectuelles par le double despotisme civil et religieux.

» Nous terminerons, citoyen ministre, par faire des vœux pour que tous les chef-d'œuvres conquis par les armées de la République depuis la guerre de la liberté, remplissent promptement le but de leur destination ; pour que, placés dans les collections nationales dans l'ordre le plus méthodique, ils puissent servir à l'instruction de tous les hommes. Ils y composeront des masses immenses qui seront autant de foyers de lumières dont les rayons divergens vers toutes les parties de l'Europe, en l'éclairant, rendront l'humanité heureuse, et assureront à la nation française, la haute prépondérance que lui ont déjà acquise ses connaissances, sa puissance, et l'éclat de ses victoires.

» Vous exprimer notre vœu, citoyen ministre, n'est que réunir le nôtre au vôtre, et nous partageons la confiance qu'ont tous les amis des sciences et des arts, que bientôt les temples élevés à la nature et aux arts, réuniront leurs plus belles productions, et seront dignes de la grande nation qui les a érigés. »

Le ministre, au nom des savans et des artistes, adressa aux commissaires des remerciemens en ces termes :

« Citoyens commissaires,

» Le premier sentiment que l'aspect d'une si nombreuse et si riche réunion de chef-d'œuvres de tous les siècles inspire aux cœurs républicains, est celui de la gratitude pour les généreuses armées de la République française. La grande nation revoit avec enthousiasme, dans cette pompe sans exemple, l'histoire, non moins étonnante, des triomphes de ses enfans. Elle consulte, en quelque sorte, chacun des monumens que vous lui présentez, sur la place qu'ils occupaient. Elle se les rappelle dans leur dispersion des Alpes au Tyrol, et des bords de l'Adige aux mers adriatiques. Maintenant rassemblés sous les yeux du grand peuple, ils servent, si j'ose le dire, d'itinéraire à sa pensée, pour parcourir le vaste champ des victoires de ses héros ; et le premier usage que fait la République de ce grand amas

de trophées, est d'en composer un autel à la reconnaissance.

» Le second hommage appartient à la philosophie, sœur
de la liberté, qui se réunit avec elle pour perfectionner les
institutions sociales, et pour mûrir le genre-humain.

» Graces à la philosophie, nous ne sommes plus dans le
tems où ces rares productions du génie des artistes, ces
marbres animés par les ciseaux contemporains de Praxitèle
ou Phidias, enfin, ces prodiges antiques, déshonorés par
le triomphe d'un insolent consul ou d'un César usurpateur,
suivaient, honteux et consternés, le char d'un conquérant.
Ils venaient, dans les murs de Rome, repaître l'ignorant
orgueil de ces patriciens qui avaient ravi ces dépouilles sans
en connaître la valeur, et qui ne sentaient, en effet, dans
leur possession, que la jouissance odieuse de l'asservisse-
ment des peuples et de l'esclavage du monde. Un autre
esprit anime la pompe du 9 thermidor. Avant d'arriver
parmi nous, ces chef-d'œuvres, témoins des exploits des
Français, ont vu l'émancipation d'une partie de l'Italie.
Ils laissent ces beaux lieux peuplés d'hommes heureux ; ils
n'abandonnent point les murs qu'ils habitaient, comme in-
dignes de leur présence. Ils viennent prendre seulement
la place qui leur était due, en décorant ici le berceau de la
liberté de tant de nations. La vertu les a déplacés ; c'est elle
qui les accompagne. Ils entrent dans Paris, à la suite de
l'espérance ; ils portent les promesses de la félicité publique.
Ils nous racontent la victoire ; ils nous prédisent le bonheur,
et ils ne se présentent que chargés des vœux de vingt
peuples pour la prospérité française.

» Si, dans des siècles plus modernes, l'étude de l'antique,
la contemplation de la belle nature, enflammèrent l'heureux génie des Raphaël, des Titien, des Veronèse et de
tant d'autres, il était digne du grand peuple d'acquitter
envers ces grands peintres, une dette que la puissance de
tous les despotes du monde ne pouvait jamais leur payer.
Que l'on ne pense pas que les arts aient voulu rendre la
tyrannie aimable, ou embellir les rêves de la crédulité humaine. Non ; ce ne fut pas pour les rois, ce ne fut pas pour
les pontifes, ce ne fut pas pour les erreurs que ces grands
hommes travaillèrent. On peut dire que le génie est l'or
de la divinité ; rien d'impur ne le souille. Ces grands hommes,
jettés dans des siècles de servitude, cédèrent au besoin de
la création. Ils composèrent pour leur âge, beaucoup

moins que pour obéir à l'instinct de la gloire, et, si l'on peut parler ainsi, à la conscience de l'avenir. Sans doute, ils devinaient les destinées des peuples; et leurs tableaux sublimes furent le testament par lequel ils léguèrent au génie de la liberté, le soin de leur offrir la véritable apothéose, et l'honneur de leur décerner la véritable palme dont ils se sentaient dignes.

» Ainsi, la nation française ne s'est point contentée d'éclairer ses contemporains par le flambeau de la raison. Vengeresse des arts, long-tems humiliés, elle a brisé les chaînes de la renommée de tant de morts fameux. Elle couronne à la même heure les artistes de trente siècles; et ce n'est que par elle, ce n'est que d'aujourd'hui qu'ils montent effectivement au temple de mémoire.

» Ah! s'il est vrai qu'il soit dans l'homme quelques sensations qui puissent survivre à la tombe, il est doux de penser que cette pompe solemnelle a pour spectateurs invisibles tout ce que la Grèce, l'Egypte et les deux Romes enfantèrent de grands maîtres dans les beaux-arts. Il semble que les siècles redescendent les tems pour célébrer un si beau jour, et pour remercier la grande nation d'avoir su arracher les superbes conceptions des artistes célèbres qui les ont honorés, à la rouille où les tinrent long-tems ensevelis les préjugés religieux et l'ignorance monacale. Mânes fameux! divins génies! dont les admirables travaux sont réunis dans cette enceinte! répondez à la faible voix qui croit être entendue de vous : dites; lorsque vous éprouviez le tourment de la gloire, aviez-vous le pressentiment du siècle de la liberté? Oui. C'était pour la France que vous enfantiez vos chef-d'œuvres. Enfin donc ils ont retrouvé leur destination. Réjouissez-vous, morts fameux! vous entrez en possession de votre renommée. Vous voyez l'émulation qu'excitent vos chef-d'œuvres presser autour de vous les flots d'un peuple-libre; donner un asyle à vos ombres, un sanctuaire à vos travaux, et promettre aujourd'hui, pour la première fois, une immortalité véritable aux beaux-arts.

» Félicitez-vous maintenant, hommes généreux et sensibles, nés dans tous les climats, hommes favorisés du ciel, et que l'amour du beau tourmente; qui, loin de vos foyers, franchissez de grandes distances pour aller admirer les sublimes conceptions des statuaires et des peintres. Vous pourrez suivre un goût si noble, sans inquiéter désormais votre philosophie. La morgue souveraine ne pourra plus vous repousser loin de l'objet de vos recherches. Vous n'aurez plus à desirer le spectacle des courtisans, l'aspect des superstitions et de l'ignorance claustrale, pour jouir un moment de la présence des chef-d'œuvres que vous cherchez au loin, et retourner dans vos contrées, peut-être faiblement instruits, mais à coup sûr plus corrompus. Aujourd'hui ces chef-d'œuvres vous attendent, environnés de la moralité d'une nation libre. Au milieu des moissons de goût, que Paris offre à vos études, au sein de ses dépôts, uniques dans le monde, les Français professant la loi de la nature, la sainte égalité, vont être nécessairement les gardiens de vos vertus. Tandis que leurs musées enrichiront votre génie, leurs lois et leurs exemples enrichiront votre ame. Ils vous rendront plus dignes de pratiquer les arts, parce qu'ils auront su vous montrer le premier de tous, celui d'être meilleur. Les beaux-arts, chez un peuple libre, sont les principaux instrumens du bonheur social, et les troupes auxiliaires dont se sert la philosophie qui veille au bien du genre humain.

» Tels sont les avantages dont la République française a été sur-tout redevable au courage des écrivains : et votre pénétration, citoyens commissaires, se montre spécialement dans la riche collection d'éditions premières, recueillies par vos soins. En mettant sous nos yeux l'aurore de l'imprimerie, vous confiez les monumens de ses premiers efforts au peuple qui a su le mieux faire usage de ses bienfaits. Ce sont d'antiques étincelles que vous rejoignez aujourd'hui au faisceau des lumières. Par vos recherches attentives, vous nous transmettez les richesses dont le dépôt est renfermé dans les langues orientales. Par des manuscrits précieux, vous nous faites entrer dans un commerce plus étroit avec l'antiquité. Enfin, par les médailles que l'on doit à vos connaissances, vous donnez de nouveaux moyens de régulariser la marche de l'histoire.

» L'humanité accorde encore à vos travaux un sourire plus doux et un prix plus flatteur. Quel spectateur de cette fête pourrait, sans attendrissement, promener ses regards sur ces précieux végétaux dont notre sol va s'enrichir ? Quel cœur pourrait songer, sans un frémissement de joie, que là peut-être est attachée la santé de ses frères ? qu'à côté de ces minéraux, admirables fastes du globe, incontestables monumens des époques de la

nature , se rencontrent ces aromates , ces baumes enfantés
par des soleils lointains , où nos concitoyens souffrans
puiseront l'oubli de leurs maux ; ces graines exotiques ,
dont l'heureux développement pourra doubler un jour
l'existence du peuple ; ces arbres , dont les fruits étan-
cheront la soif de l'homme respectable que le travail ho-
nore ? Ah ! sans doute , il faut rendre honneur à ce buste
du fondateur de la liberté des Romains ! honneur à l'Ap-
pollon , dont la divine flamme anime le génie des arts !
mais notre attention doit sur-tout se porter sur les bienfaits de la nature , sur les conquêtes agricoles , qui répandent l'aisance parmi les indigens , qui promettent des
jouissances aux pauvres , qui répandent la vie dans le fond
des chaumières , qui font circuler le bonheur dans tous
les atteliers , et qui fondent enfin la durée des états
sur sa seule base réelle , sur l'opulence des campagnes.

» Et dans quel jour , ô citoyens ! la nature et les arts
s'empressent - ils également à vous prodiguer leurs fa-
veurs ? Dans cette époque heureuse , au jour même où
je parle , le vandalisme passager disparut pour toujours
d'une terre indignée d'avoir pu le porter. Voici la pompe
triomphale , voici la pompe expiatoire des crimes de la
tyrannie renversée le 9¹ thermidor. Voici une fête , inouïe
parmi les nations , la fête qui se charge d'effacer tous
les souvenirs ; le triomphe de la nature , le triomphe
des arts , le triomphe de la liberté. Quoi de plus doux au
cœur de tout homme de bien ? L'univers offre-t-il des
jouissances plus célestes , des consolations plus pures , des
impressions plus divines ?

» Français ! entourez donc , de tout votre respect , cet
auguste tombeau de toutes les divisions. Cet immense as-
semblage des chef-d'œuvres de tous les tems , vous donne
la mesure des forces qui caractérisent la grande nation.
Vous y trouvez la force de votre liberté, qui vous a élevés à
de si hautes destinées. Vous y voyez l'empreinte de la
force de vos armées , dont tant de glorieux trophées répè-
tent les exploits. Vous y reconnaissez la force de votre
constitution et du gouvernement organisé par elle , qui
conduisit à terme de si grandes merveilles , en en méditant
de plus grandes. Vous y distinguerez la force de votre
union avec lui , base de cet accord parfait entre vos Légis-
lateurs et vos Directeurs, qui ont su , de concert , bravant
tous les orages , domptant toutes les factions , étouffant

d'une main le royalisme sanguinaire, et comprimant de l'autre l'exécrable anarchie (l'anarchie et le royalisme, toujours coalisés contre votre bonheur), vous préparer le grand spectacle dont vous jouissez aujourd'hui. Joignez à l'exercice de tant de force et de puissance, une véritable énergie de vénération conservatrice pour ces chef-d'œuvres. Gardez religieusement cette propriété qu'ont léguée à la République les grands hommes de tous les siècles; ce dépôt qui vous est remis par l'estime de l'univers, ce trésor dont vous devez compte à toutes les postérités.

» Dans ce respect national pour tant de monumens et d'objets de sciences, d'arts, de littérature, vous trouverez sans doute, citoyens commissaires, le prix flatteur de vos travaux. Le guerrier, le savant, l'artiste, le citoyen, l'étranger, dans les divers tributs de curiosité et d'admiration qu'il viendra payer chaque jour à ces immenses masses de grands résultats du génie, n'en séparera point le souvenir des hommes qui les ont recueillis. S'il en doit le premier hommage à la valeur unie au génie de la liberté, il vous sera bien glorieux d'être nommés ensuite dans les expressions de sa reconnaissance.

» Ainsi seront remplis, citoyens commissaires, les vœux que vous avez formés; la sagesse du Directoire nous en garantit l'assurance. La garde de ces monumens sera confiée à des hommes connus par leurs talens; distingués par leurs mœurs et non moins remarquables par leur patriotisme. Vous n'aurez point d'inquiétude sur le sort des richesses dont la recherche et le transport vous ont coûté des soins si longs et si prodigieux. Vous voyez aujourd'hui l'élite des amis des Muses s'empresser de les recevoir. Aujourd'hui, la philosophie, la littérature et les arts vous parlent par ma voix, trop faible, je le sens, pour être leur digne interprète; mais vous serez dédommagés. Demain, les corps constitués célébreront ici la fête de la liberté et celle des beaux arts. Demain, je vous présenterai au Directoire exécutif. Demain, la grande nation vous remerciera elle-même par l'organe fidèle de ses suprêmes magistrats; ce sera un spectacle nouveau dans l'histoire du monde. Il doit consacrer à jamais la mémoire d'un si grand jour, et la foule de citoyens qui en seront témoins, n'auront tous qu'une voix pour répéter ce cri du cœur, ce cri des Français libres : *Vive la République !* »

Le ministre donna à chacun des commissaires l'accolade fraternelle, au milieu des acclamations universelles des nombreux spectateurs, et les fit placer près de lui sur des siéges distingués, d'où ils continuèrent à jouir des témoignages précieux de la reconnaissance publique.

Le conservatoire exécuta ensuite une ode patriotique du citoyen Lebrun, musique du citoyen Lesueur.

Une salve d'artillerie annonça la fin de la cérémonie, et le cortége s'est séparé aux cris de *vive la République!*

Le soir, la maison du Champ de Mars a été illuminée, ainsi que le cirque.

Des orchestres furent placés dans la moitié de l'arène située vers la rivière. Des danses, prolongées fort avant dans la nuit, terminèrent la première journée des fêtes de la Liberté.

Le ministre de l'intérieur termine ce rapport par la lecture du programme qu'il a arrêté pour la solemnisation de la seconde journée des fêtes de la Liberté.

Le Directoire exécutif ordonne que le rapport du ministre de l'intérieur sera inscrit dans son procès-verbal, et adopte les dispositions contenues dans le programme par lui présenté.

En conséquence, à trois heures, le Directoire monte dans ses voitures, pour se rendre au Champ-de-Mars. Il se met en marche, précédé de ses huissiers et messagers d'état, et accompagné des états-majors de la dix-septième division militaire et de la place de Paris, d'un grand nombre d'officiers-généraux, des ministres et du secrétaire-général. Deux piquets de cavalerie ouvrent et ferment la marche. Les grenadiers à pied et à cheval, composant la garde du Directoire, et un détachement de vétérans nationaux escortent les voitures. La musique militaire exécute, pendant la marche, les airs chéris des républicains.

On arrive dans cet ordre à la maison du Champ-de-Mars. Les juges du tribunal de cassation, les membres des autorités constituées, des établissemens publics du département de la Seine et de la commune, y attendaient l'arrivée du Directoire. Il met pied à terre, et se rassemble dans une salle réservée à cet effet. Les ambassadeurs et envoyés des puissances étrangères, qui s'étaient réunis dans une autre salle du même édifice, sont introduits par le ministre des relations extérieures, et viennent saluer le Directoire.

Un concours innombrable de citoyens de tous âges et de
tous

tous sexes , accourus de tous les quartiers de cette cité populeuse, couvraient le vaste talus du champ de Mars. L'arène était occupée exclusivement par les troupes de la garnison de Paris , qui devaient y exécuter des évolutions militaires. Les chars qui portaient les monumens des arts, étaient rangés près des thermes à l'entrée du cirque.

Le ministre de l'intérieur y avait fait faire les dispositions convenables aux solemnités qui devaient y avoir lieu : Au milieu du champ s'élevait un vaste stilobate , sur lequel était construit un amphithéâtre circulaire , décoré d'un ordre ionique. Au centre , et dans la partie supérieure , était placé l'autel de la Liberté ; l'étendard tricolor flottait au frontispice. Des copies des principales statues recueillies en Italie , et des trophées composés des attributs des beaux arts , décoraient l'enceinte extérieure de l'autel de la patrie, qu'ornaient d'autres copies des statues d'Apollon et des Muses.

Le buste de Brutus, placé sur un cippe, au bas de l'autel , devant la statue de la Liberté , fixait tous les regards, et allumait dans tous les cœurs le feu sacré dont était embrasé le fondateur révéré de la République romaine.

L'horison, qui avait été constamment pluvieux les jours précédens, et chargé de vapeurs dans la matinée de cette journée, s'était rasséréné tout-à-coup ; et le soleil, répandant sur cette immense réunion une lumière douce et pure, semblait s'associer aux triomphes de la grande nation.

Le Directoire sort à pied de la maison du Champ de Mars, précédé d'un cortège nombreux, qui se compose ainsi qu'il suit : Un détachement de troupes ayant à sa tête un corps de musique militaire ; les membres des comités de bienfaisance et de la commission des hospices civils ; les professeurs des écoles centrales et spéciales, et les administrations des musées et des bibliothèques ; les juges de paix et leurs assesseurs ; le tribunal de commerce, le tribunal correctionnel et les tribunaux civil et criminel ; la régie des domaines nationaux ; la direction générale de la liquidation de la dette publique ; l'administration des monnaies ; les administrations municipales des douze arrondissemens de Paris ; le bureau central ; l'administration du département de la Seine ; le tribunal de cassation ; les commissaires de la comptabilité et de la trésorerie nationale ; l'institut national des sciences et arts ; l'état-major de

B

la dix-septième division militaire et celui de la place de Paris ; les ambassadeurs , ministres et envoyés des puissances étrangères ; les ministres de la République française ; le Directoire exécutif ; la garde du Directoire exécutif.

Le cortége se rend à l'autel de la patrie , en côtoyant le talus qui borde l'arène du côté oriental. Le Directoire reçoit , à son passage , les témoignages les plus prononcés de la satisfaction publique.

Le cortége, parvenu au stylobate , le Directoire exécutif prend séance sur l'autel de la patrie, aux pieds de la statue de la Liberté. Les ministres occupent le gradin inférieur ; les membres du corps diplomatique la plate-forme de l'amphithéâtre ; le surplus du cortége prend place dans la galerie circulaire ; la garde du Directoire , présidée par son état-major, et les vétérans nationaux , se rangent en demi-cercle autour du Directoire. A la droite de l'amphithéâtre sont les professeurs et élèves du Conservatoire de musique , et les états-majors de la dix-septième division et de la place ; à la gauche, des militaires blessés.

Une salve d'artillerie annonce l'ouverture de la fête. Le Conservatoire de musique exécute une symphonie analogue à la solemnité. Il entonne ensuite l'invocation à la Liberté ; elle est écoutée avec une silencieuse vénération. Les membres du Directoire exécutif se lèvent et se découvrent ; tout le cortége , tous les assistans simultanément découverts, invoquent avec une égale ardeur la divinité qui préside aux destinées de la France républicaine.

Pendant ce tems , les citoyens Thouin, Moette, Berthelemy et Pinet, commissaires chargés de recueillir , en Italie, les monumens des objets de sciences et d'arts , suivis des voitures qui portent ces augustes dépouilles , traversent l'arène , et s'avancent vers l'autel de la patrie. Le citoyen Thouin marche à leur tête, un drapeau tricolor à la main.

On se lève , on se presse pour contempler ces citoyens précieux à la République. On regrette de ne pouvoir payer en même tems le tribut de la reconnaissance nationale aux citoyens Monge et Bertholet, leurs collègues , employés dans une seconde mission. L'aspect de tant de monumens si vantés dans les siècles les plus reculés ; la possession de ce trésor inappréciable de chef-d'œuvres des grands maîtres dans tous les genres ; ces trophées sacrés et indélébiles, du courage , de la persévérance, de la grandeur des guerriers français, pénètrent tour-à-tour les ames de sentimens de respect, d'orgueil et de gratitude. De toutes les parties de l'enceinte s'élèvent jusqu'aux cieux ces acclamations universelles : *Vive la République! vive la grande Nation! vivent les défenseurs de la patrie! vivent nos armées immortelles!*

Les chars se forment en demi-cercle au-devant de l'autel de la patrie.

Le ministre de l'intérieur va au-devant des commissaires, se place à leur tête, et les conduit sur l'autel de la patrie; il les présente au Directoire avec la liste des monumens qu'ils ont recueillis, et dit :

« Citoyens Directeurs,

» J'ai l'honneur de vous présenter la nombreuse collection de chef-d'œuvres, de monumens et d'objets précieux d'histoire naturelle, de sciences et d'arts, dont nous devons la jouissance au courage de nos armées.

» Combien de fois, pendant la longue période de la plus mémorable guerre qu'un peuple ait jamais soutenue pour assurer sa liberté, combien de fois la République contempla-t-elle avec transport la foule de drapeaux dont la victoire vint si souvent faire hommage aux magistrats suprêmes ! Mais les trophées d'un autre genre, déposés aujourd'hui dans le sein de la République, ne sont-ils pas environnés d'un caractère plus sacré? A tout l'appareil de la gloire, ils joignent les présages de la félicité publique. Dûs à la puissance des armes, ils se font remarquer par la puissance du génie. Eh ! quel plus digne hommage, quelle plus belle offrande les Français pouvaient-ils adresser à la liberté, dont la fête les réunit ? Ils trouvent, dans la liberté, le premier bien des peuples; ils aiment à y voir aussi la protectrice des beaux arts, car la liberté en est l'ame; elle est leur existence, puisqu'elle est la source féconde de tout ce qu'il y a de grand parmi les hommes, et qu'elle enfante la valeur et les talens, et les vertus.

» En voyant ces trésors, que son génie nous a conquis, nous sommes fondés à penser qu'il n'existera plus un seul homme supérieur dans les sciences et les arts qui ne soit venu sur nos bords puiser les élémens des connaissances et du goût, essayer son génie à l'aspect des chef-d'œuvres dont la France est propriétaire, et polir ses conceptions dans le commerce des artistes et des savans républicoles. Quel peuple, autre que les Français, s'est jamais assuré cet empire sur l'avenir ! Quel autre a su lier sa gloire aux

B 2

progrès de l'esprit humain ! Qu'il est doux de penser que tous les étrangers , amateurs des beaux arts , attirés à Paris pour jouir de tant de trésors , retourneront dans leurs climats , enrichis des talens , et nourris des vertus dont les français républicains leur donneront l'exemple , et que notre chère patrie va exercer ainsi la plus glorieuse influence sur le bonheur de tous les peuples !

» Je vous présente également , citoyens Directeurs , les commissaires distingués que vous aviez nommés , et dont les soins infatigables , les connaissances personnelles , le courage dans les dangers , le discernement rare et la patience invincible , ont formé cette précieuse et immense collection. Cette pompe si mémorable est le compte bien solemnel qu'ils rendent de leur mission ; et l'entrée triomphale des chef-d'œuvres de tant de siècles , qu'ils placent aujourd'hui sous les yeux de la République , est la dernière page de leur procès-verbal , la clôture de leurs voyages , et le couronnement auguste de leur grande opération. Leur modestie républicaine ne peut les dérober à la reconnaissance de la patrie , et l'accueil qu'ils reçoivent des magistrats suprêmes , en est le premier gage.

» On a dit que le despotisme , en faisant copier quelques statues antiques , invitait à-la-fois *tout l'Olympe à ses fêtes*. Mais quelle différence entre les spectacles des cours et celui dont votre sagesse fait jouir aujourd'hui la grande nation ! Tout le Parnasse et tout l'Olympe semblent y assister ; la fête de la Liberté devient un acte utile au monde : la philosophie y sourit ; un peuple immense y participe. Il en fait l'ornement , comme il en est l'objet. Il goûte en ce moment le plus pur des plaisirs dont les hommes soient susceptibles ; il met les beaux arts à leur place , en leur accordant les honneurs du triomphe , dont parlà même il annoblit l'usage. Chaque témoin de ce grand jour le regardera désormais comme le plus beau de sa vie ; et ceux qui viendront après nous , nous envieront encore le bonheur d'avoir vu cette solemnité sans exemple jusqu'à présent dans les fastes du monde.

» J'ai peine à contenir l'émotion qu'elle m'inspire. Mon style ne peut l'exprimer , et je dois m'arrêter , citoyens Directeurs. Je laisse aux premiers magistrats , seuls dignes interprètes du sentiment national , le soin d'éterniser le souvenir de cette fête par les paroles qui répondent , et à la grandeur du sujet , et à la majesté du peuple. »

Le citoyen Merlin, ex-président, substituant le citoyen Rewbell, président, prononça ensuite le discours suivant :

« Citoyens,

» La solemnité qui nous rassemble est consacrée à la mémoire d'une époque célèbre dans notre révolution ; et cette solemnité sera elle-même une époque mémorable dans les annales de la République. —— Tout ce qu'un grand événement peut réveiller d'intéressans souvenirs ; tout ce que des victoires sans nombre peuvent offrir de trophées glorieux, cette fête les retrace à vos pensées, cette enceinte les expose à vos regards ; et comme le 9 thermidor fut aussi un bienfait pour les sciences et pour les arts, ce jour où nous leur décernons un hommage public, est aussi pour eux un jour de triomphe.

» Quatre ans se sont à peine écoulés, et déja des siècles nous séparent de ces tems dont les erreurs et les crimes ont été si funestes à la liberté ! —— Nous ne craignons plus aujourd'hui que les passions s'en emparent pour se livrer à de nouveaux excès ; nous les jugeons comme la postérité les jugera, et sans doute ils ne peuvent être pour nous, comme ils ne seront pour elle, qu'une source de salutaires instructions. —— Le peuple français avait pressenti la vérité sur ces événemens déplorables ; les aveux du crime, les révélations des tems l'ont mise dans tout son jour ; qu'elle soit hautement proclamée. Oui, les désastres dont la France a gémi sont l'ouvrage du royalisme et de la corruption étrangère ; la République n'en fut jamais complice, et c'est sous les coups de ses ennemis que tant d'honorables victimes ont succombé, et que nous avons vu périr les martyrs les plus intrépides de la philosophie et de la liberté.

» Honneur immortel, sans doute, et reconnaissance sincère au 9 thermidor, et que cette journée libératrice soit comptée parmi celles qui, s'enchaînant dans l'ordre des destinées de la République, avancent l'ouvrage de notre régénération. —— Mais ô fausse sécurité de la victoire ! ô dangers de l'imprévoyance humaine ! nous jouissions des fruits de notre courage, et déjà de nouveaux forfaits se tramaient contre la liberté. Le royalisme avait retrempé ses poignards : entouré de ses satellites et dans l'ivresse de la vengeance, il poursuivait ses victimes et les dévouait à la proscription et à la mort. Il semble qu'il était réservé à la France d'être le douloureux

B 3

théâtre du combat de ces deux génies, dont on a dit, à l'aspect du désordre des élémens, qu'ils s'étaient partagé le domaine de l'univers; et c'était alors le génie de la destruction qui promenait sa faux sur les têtes républicaines.

» Mais le moment était marqué qui devait mettre un terme à cette lutte scandaleuse du crime et de la vertu, des lumières et des ténèbres, de la royauté et de la République. Le 13 vendémiaire et le 18 fructidor ont lui sur la France, et la République assise sur les débris des factions, brille d'un éclat qui ne peut plus s'obscurcir; nous ne voyons en elle que le grand et noble but de la révolution, le sublime ouvrage de la sagesse et de la valeur, que notre siécle va transmettre à l'admiration et à la reconnaissance des siécles à venir.

» Français! il est beau de nous livrer à ces méditations, au milieu des monumens déposés dans cette enceinte, et, pour ainsi dire, en présence des ombres révérées des plus illustres nations de l'antiquité! Quel théâtre de gloire plus auguste! et quelle école de vertus plus éloquente! Vous avez sous les yeux les fruits de l'étude et des veilles des savans, les chef-d'œuvres que les beaux arts ont enfantés, les productions de la nature, que d'ingénieux et constans travaux ont recherchées pour vos jouissances : contemplez avec orgueil ces conquêtes d'une noble ambition, et qui ne sont que le prix légitime de la liberté rendue à des peuples asservis. Combien de siécles et de climats rassemblés! quelle réunion de génies, de vertus et de talens! Le plus grand des poëtes, le premier orateur de la Grèce, le plus austère des républicains, le père de la liberté romaine, tous ces objets si puissans et si doux du culte des ames généreuses, impriment à cette fête un caractère qui la rend celle de l'humanité entière.

» Heureux le peuple que le respect des nations environne, qui s'enrichit des tributs des siècles, et qui devient l'espoir du monde! Français, tel est le partage qui vous est réservé. D'autres peuples ont brillé sur la terre, et n'ont laissé que des témoins muets de leur grandeur. Vous avez proclamé les droits éternels des hommes, vous avez rappelé les nations à la dignité de leur nature; ce sont-là des monumens qui ne périront jamais, et dont la voix immortelle publiera notre gloire à tous les âges, en même tems qu'elle révélera à tous les hommes la source de leur bonheur. *Vive la liberté! vive la République !*»

Ce discours ajoute à l'enthousiasme public et provoque de nouvelles acclamations civiques.

Le président du Directoire distribue, au nom de la patrie, à chacun des commissaires une médaille, sur laquelle est gravée, d'un côté, la figure de la France ; de l'autre, cette légende : *Les sciences et les arts reconnaissans.*

Il leur adresse en même tems le discours qui suit :

« Savans et artistes républicains, c'est à votre activité infatigable, c'est à votre exquise sagacité, c'est à votre ardent amour pour la patrie, qu'est dû ce magnifique appareil qui, dans ce moment, frappe et enchante tous les regards. Le Directoire exécutif se fait un devoir de proclamer que vous avez rempli glorieusement l'honorable mission qu'il vous avait confiée. Recevez comme un gage solemnel de la gratitude nationale, les médailles qu'il vous offre au nom du peuple français ».

La modestie des commissaires, qui semble vouloir les soustraire à l'expression de la gratitude publique, ranime les applaudissemens qui s'étaient contenus avec peine. Ils descendent de l'autel, et sont conduits auprès du buste de Brutus, où ils prennent place sur des sièges qui leur avaient été préparés.

Le conservatoire de musique exécute le poëme séculaire d'Horace ; puis les strophes suivantes du citoyen *Lebrun*, mises en musique par le citoyen *Lesueur*.

Réveille-toi, lyre d'Orphée,
Enfante de nouveaux concerts ;
Jamais aux rives de l'Alphée,
Pindare ne chanta des triomphes plus chers ;
Jamais plus superbe trophée
N'appela sur nos bords les yeux de l'Univers.

France heureuse, quelle est ta gloire !
Tu vois les chef-d'œuvres des arts
Conquis des mains de la victoire,
Embellir tes nobles remparts.

Dans sa course immense et féconde,
Le soleil même est fier de ton auguste aspect.
C'est de toi que sortit la liberté du monde ;
Et le monde vengé t'admire avec respect.

De ton char immortel préside à cette fête ,
    Dieu du jour et des arts , radieux Apollon ;
    Digne de marcher à leur tête ,
Reconnais le vainqueur de l'horrible Python.

A voler sur ses pas les Muses empressées ,
    Viennent s'offrir à nos transports.
La nature , les arts , le trésor des pensées
    Qu'une main fidèle a tracées ,
De leur triple conquête enrichissent nos bords.

    France heureuse , etc. etc.

De talens créateurs quelle foule rivale !
Guidez, sœurs d'Apollon , un cortége si beau :
L'Olympe en est jaloux et n'a rien qui l'égale.
La toile a respiré sous le feu du pinceau ;
Tous ces marbres vivans sont les fils du ciseau.
    Devant leur marche triomphale
    La Gloire agite son flambeau.

    France heureuse , etc.

Beaux arts , rois sans esclave , honneur de la patrie,
Venez dans leur palais succéder aux tyrans ;
Leur trône est abattu , leur mémoire est flétrie.
De l'immortalité sublimes conquérans ,
    La vôtre est à jamais chérie.
Venez dans leur palais succéder aux tyrans.

    France heureuse , etc.

    Jadis ces merveilles divines
Rome les enlevait aux Grecs industrieux ;
    Et dans la ville aux sept collines
Notre Mars enleva ces larcins glorieux.
    Riche des dépouilles du Tibre,
    La Seine triomphante et libre
    Pour jamais les offre à nos yeux.

Du bonheur des Français que Rome se console :
Rome a vaincu par nous le pontife et l'idole ;
    Son génie est ressuscité ;
Et les fils de Brennus rendent le Capitole
    A son antique liberté.

    France heureuse, quelle est ta gloire !
    Tu vois les chef-d'œuvres des arts,
    Conquis des mains de la victoire,
    Embellir tes nobles remparts.

Le Directoire exécutif, suivi du secrétaire-général et
des ministres, descend de l'autel et s'avance vers le buste
du Brutus.

Le président du Directoire s'incline, et pose sur le
piédestal du buste une branche de laurier. Chacun des membres du Directoire, le secrétaire-général et les ministres
rendent successivement de la même manière un pieux hommage au citoyen courageux qui fonda la République Romaine.

Le Directoire remonte à l'autel de la patrie ; le conservatoire de musique exécute *l'hymne du neuf thermidor*,
composé par le représentant du peuple *Chénier*, musique
du citoyen *Méhul*.

Salut, 9 thermidor, jour de la délivrance,
Tu vins purifier un sol ensanglanté ;
Pour la seconde fois, tu fis luire à la France
    Les rayons de la liberté.

Deux jours avaient vengé l'opprobre de nos pères ;
Mais le sceptre tombé des mains du dernier roi,
Armait encore les mains des tyrans populaires ;
    Il ne fut brisé que par toi.

Chantres républicains, célébrez la victoire.
Vierges du peuple franc, couronnez-vous de fleurs.
Pères, enfans, époux, bénissez la mémoire
    Du beau jour qui sécha vos pleurs,

Le sommet de l'Olympe a vu réduire en poudre
Les superbes Géants par la terre enfantés :
Au sénat de la France ainsi tombait la foudre
    Sur les tyrans épouvantés.

Envain, pour conserver leur sanguinaire empire,
A tes yeux, ô soleil, ils cachent leur fureur ;
Ivre du sang français, leur troupe envain conspire
    Avec la nuit et la terreur.

Ne crains plus d'éclairer le triomphe des crimes ;
Remplace de ta sœur, l'astre silencieux ;
Les oppresseurs vaincus vont suivre leurs victimes,
    Tu peux remonter dans les cieux.

Le peuple et le sénat ont repris leur puissance ;
Leur voix des noirs cachots rompt les portes d'airain :
Echafauds où le crime égorgeait l'innocence,
    Tombez à ce cri souverain.

Renverse, ô Liberté ! cet autel homicide,
Où l'horrible anarchie, un poignard à la main,
Comme autrefois Diane, aux monts de la Tauride,
    S'appaisait par du sang humain.

Vous, que chante en pleurant l'amitié solitaire,
Femmes, guerriers, vieillards, beauté, talens, vertus,
Vous ne reviendrez pas consoler sur la terre
    Vos parens qui vous ont perdus.

Ah ! de vos noms sacrés la mémoire chérie
Peut du moins quelquefois soulager nos douleurs ;
Du moins sur vos tombeaux la plaintive patrie
    A nos pleurs mêlera ses pleurs.

Vous accusez du fond de vos augustes tombes
Les coupables vengeurs qui vous ont outragés :
C'est par de sages loix, non par des hécatombes
    Que nos amis seront vengés.

Oui pour la République un nouveau jour commence.
Nous verrons, à la voix de vos mânes proscrits,
L'humanité dressant l'autel de la clémence
    Sur vos respectables débris.

Première Déité, des lois source immortelle,
Toi, qu'on adorait même avant la liberté,
Toi, mère des vertus, véritable Cybèle,
    Touchante et sainte humanité.

Unis des intérêts qui paraissaient contraires;
Un cœur qui sait haïr est toujours criminel.
Au festin de l'oubli viens rassembler des frères
    Pressés sur ton sein maternel.

La palme et le laurier cueillis par le courage,
De leur tige robuste ont orné nos remparts.
L'olivier de la paix verra sous son ombrage
    Fleurir l'excellence des arts.

Une longue tourmente a grondé sur nos têtes;
Des rochers menaçans nous présentaient la mort.
La terre est près de nous, qu'importent les tempêtes
    Si la liberté vient au port.

La charge sonne : les troupes stationnées dans l'arène, infanterie, cavalerie et artillerie volante, s'ébranlent, et donnent aux citoyens, sous les ordres du général Moulins, commandant la 17°. division militaire, le spectacle d'évolutions militaires et de manœuvres exécutées avec la précision et la vigueur qu'elles déployèrent tant de fois sur le champ de bataille. On se plaît à voir chacun de ces corps distingués dans les fastes de la gloire par mille actions d'éclat, employer à l'amusement de leurs concitoyens, ces armes terribles, qui ont foudroyé les phalanges des rois coalisés contre la République naissante.

Ces exercices finis, un premier ballon est lancé pour indiquer la direction de l'air.

Un aérostat, orné de guirlandes et d'inscriptions patriotiques, attendait l'ordre du Directoire pour enlever un trophée qui y était suspendu, composé de différens attributs de la liberté et des arts et de drapeaux tricolor. Ses attaches se rompent, il part; mais des tourbillons d'air l'assiègent, et entravent son ascension. Tout-à-coup perçant ces vains obstacles, la superbe machine prend un essor sublime, s'élance dans les airs, et plane majestueusement au-dessus des nues, parée des vives couleurs de l'arc-en-ciel. Cet emblème fortuit, mais fidèle, des destinées de la République française, frappe tous les spectateurs, et excite de vifs applaudissemens.

La fête est terminée par le *Chant du Départ* et aux cris unanimes de *vive la République !*

Le Directoire, précédé de son cortége, descend de l'autel de la patrie, et se dirige vers la maison du Champ-de-Mars, par le côté occidental du cirque. Le soleil, à son conchant, semble ne quitter qu'à regret la terre de la liberté. Le reflet de sa lumière répand un vif éclat sur l'innombrable réunion qui remplit le Champ-de-Mars. Ses derniers rayons enflamment le dôme orgueilleux du Panthéon, et indiquent aux citoyens ce monument destiné à consacrer à la vénération des âges futurs les hommes généreux qui auront bien mérité de la patrie, et l'auront servie avec un zèle persévérant.

Le Directoire, rentré dans la maison du Champ-de-Mars, est salué de nouveau par les membres du corps diplomatique; puis il remonte dans ses voitures, et retourne au palais directorial dans le même ordre qu'il en était arrivé.

De l'Imprimerie de J. GRATIOT et compagnie, cul-de-sac Péquay, rue des Blancs-Manteaux.

www.ingramcontent.com/pod-product-compliance
Lightning Source LLC
Chambersburg PA
CBHW061630180626
46818CB00005B/2313